Hamburger Abendblatt

SCHWARZE **HEFTE**

Gunter Gerlach

DER HAMMER VON WANDSBEK

Ein Krimi vom Hamburger Abendblatt

Die Reihe »Schwarze Hefte« wird
herausgegeben von Volker Albers

Titelillustration: Wolf-Rüdiger Marunde
Gestaltung und Herstellung: Peter Albers
Satz, Lithographie und Druck:
Heinz G. Tobias, Hamburg
Bindearbeiten:
Schoch & Siege, Ahrensburg

Printed in Germany

ISBN 3-921305-68-3

Frischer Streuselkuchen, noch warm

Wenn ich das Haus verlasse, warten tödliche Gefahren auf mich. Ich bin Allergiker und Asthmatiker. Vierzehn Allergene, so haben die Ärzte im Laufe der Zeit herausgefunden, führen bei mir zu einer Überreaktion des Immunsystems. Natürlich bin ich gut trainiert, sie zu wittern und ihnen auszuweichen.
Ich stehe im Hauseingang und schnuppere. Der Geruch von Hefe liegt in der Luft. Vor vier Wochen sind wir vom Dulsberg in die Nähe der Hefefabrik an der Wandse gezogen. Alles, was ich von diesem Duft bekomme, ist Hunger auf frischen Streuselkuchen. Eigentlich wollte ich im Eichtalpark spazierengehen. Es hat geregnet, und

deshalb ist die Gefahr herumfliegenden Blütenstaubs gering. Ich bekomme davon Heuschnupfen. Aber jetzt überlege ich, ob ich zur Konditorei Andersen am Wandsbeker Markt spaziere. Der Streuselkuchen ist zwar nicht so berühmt, dafür gehören die Torten zu den besten in Hamburg. Ich müßte allerdings an der Kreuzung Wandsbeker Allee eine volle Dröhnung Abgase in Kauf nehmen. Davon bekomme ich Asthma. Und Torte ist für mich auch ein unkalkulierbares Risiko. Ich darf eigentlich nur das essen, was ich für mich als unschädlich getestet habe. Ich bekomme sonst möglicherweise Bauchschmerzen, Quaddeln am Hals und rote Flecken im Gesicht. Ganz abgesehen davon: Wenn Sylvia merkt, daß ich Torte gegessen habe, bekomme ich auch noch von ihr mein Fett weg. Sie wacht sehr streng über meinen Körper und meine Seele.

Aber was ist das Leben ohne Sünde? Der Teufel und der Hefeduft lenken meine ersten Schritte, da öffnet sich im Erdgeschoß des Mietshauses quietschend ein Fenster.

»Herr Bartzsch, ich habe den Kerl wieder gesehen!«

»Tag, Frau Heuer.« Ich will mich nicht aufhalten lassen, denn mir fällt ein, daß es noch den Bäcker im Einkaufszentrum Quarree gibt, und ich weiß plötzlich ganz genau, daß er frischen Streuselkuchen hat. Ich sehe ihn geradezu vor mir in der Vitrine liegen.

Frau Heuer ist schon weit über achtzig, hat wahrscheinlich Zucker und darf an solche Sachen gar nicht denken.

»Herr Bartzsch, der Kerl mit dem Hammer. Sie müssen was tun! Man traut sich ja gar nicht mehr in den Park.«

Der Mann mit dem Hammer ist seit Tagen das Gesprächsthema. Es soll ein älterer, kräftiger Mann auf einem Fahrrad sein, der die Wandse entlangfährt und in der Hand einen Hammer schwingt. Jede der Nachbarinnen kennt jemanden, der jemanden kennt, der eines der Verbrechen des Mannes mit dem Hammer beschwören kann. Mal ist er ein Irrer, der unmotiviert zuschlägt, dann ein Räuber oder ein Vergewaltiger, manchmal sogar ein Exhibitionist. Ich habe den Kerl noch nie gesehen.

»Was hat er denn gemacht?« Der Streuselkuchen geht mir nicht aus dem Kopf. Speichel sammelt sich im Mund.

»Er hat mich angesehen. Auf seinem Fahrrad ist er dicht an mir vorbei. Und er hat so geguckt, als wollte er sich mein Gesicht genau merken. Der hat was vor.«

»Und der Streuselkuchen?«

»Was?«

»Entschuldigung, ich meine nicht den Streuselkuchen. Der Hammer, was war das für einer?« Ich habe den Streuselkuchen am liebsten, wenn er viel Feuchtigkeit hat und noch warm ist.

»So groß!« Sie breitet die Hände aus, der Hammer wird größer und größer und dann wieder ein bißchen kleiner.
»Und den haben Sie genau gesehen?« Manchmal gibt es den Streuselkuchen auch mit Apfelfüllung, den esse auch sehr gern.
»Ja, er hatte einen Regenmantel über die Schultern gehängt, und dadrunter war der Hammer verborgen. Was soll da sonst gewesen sein?«
»Aha.« Einmal habe ich in der Innenstadt sogar Streuselkuchen bekommen, der wunderbar nach Karamel schmeckte. Ich weiß bloß nicht mehr, wo das war.
Frau Heuer lehnt sich weit aus dem Fenster. »Eins sage ich Ihnen, Herr Bartzsch, ich weiß, was ich jetzt tue. Ich lasse mich nicht einfach so abschlachten.« Sie winkt mich zu sich heran, legt eine Hand an den Mund und flüstert: »Mein Mann hat mir einen Revolver aus dem Krieg hinterlassen. Den mach ich jetzt sauber.«
»Machen Sie sich nicht unglücklich.« Ich glaube, von dem Hefegeruch bekomme ich Halluzinationen. Aus ihrer Wohnung kommt der Duft von Kuchen. Ich brauche jetzt dringend ein Stück Streuselkuchen.
»Im Gegenteil, Herr Bartzsch, ich werde ein Unglück verhindern.« Sie stemmt die Arme in die Hüfte und sieht mich an, als wäre ich der Kerl, den sie erschießen will. Dann nickt sie. Ich bin schon so gut wie tot.

Ich hebe die Hand und wende mich zum Gehen. Streuselkuchen ist alles, was ich will. Ich drehe mich noch einmal um.
»Eine Frage noch, Frau Heuer, backen Sie Kuchen?«
»Was?«
»Kuchen, so wie Kaffee und Kuchen, verstehen Sie?«
Ihre zum Kampf entschlossene Miene hellt sich auf. »Sie haben es gerochen, was?« Sie lacht und winkt mir, ins Haus zu kommen. »Frischer Streuselkuchen, noch warm.«

Die Strafe für alles, was verboten ist

Ich gehe ins Haus zurück und stelle mich erwartungsvoll vor Frau Heuers Wohnungstür auf. Ich muß aufpassen, daß mir nicht der Speichel aus den Mundwinkeln tropft. Ich höre ihre Schritte auf dem Flur. Ich weiß, sie wird öffnen und sagen, daß es bei ihr fürchterlich aussehe, weil sie noch nicht zum Aufräumen und Saubermachen gekommen sei. Zwei Sicherheitsschlösser werden gedreht und eine Türkette entriegelt, dann macht sie endlich auf.
»Sie müssen entschuldigen, Herr Bartzsch, aber bei mir sieht es fürchterlich aus. Ich bin wegen des Kuchenbackens noch nicht zum Aufräumen und Saubermachen gekommen.«
»Klar, ich habe nichts anderes erwartet.«

Sie sieht mich irritiert an, so daß ich schnell ergänze: »Sie hätten mal sehen sollen, wie es bei meiner Mutter aussah, wenn sie Kuchen backte.« Meine Mutter hat nie Kuchen gebacken.
Frau Heuer ist versöhnt. Sie bringt mich in die gute Stube. Ich darf mich neben einen Schrank setzen, den sie mit Blumen und zahlreichen Fotos zu einem Altar für ihren verstorbenen Mann ausgebaut hat.
Gleich darauf trägt sie einen Teller herein, auf dem sich frischer Streuselkuchen türmt. Sie deckt Teller und Tassen auf und verschwindet wieder in der Küche. Ich überlege, von welchem Kuchenstück ich schon mal einige Streusel abknabbern kann, ohne daß es auffällt. Sie kommt zurück, bevor ich es in die Tat umsetzen kann. Sie stellt eine Kaffeekanne ab und schiebt etwas über den Tisch. Es ist schwer und in einen Lappen gewickelt.
»Die Hauptsache«, sagt sie. »Gucken Sie sich den mal an.«
Ich weiß schon, was es ist.
»Ich fasse so etwas nicht an.«
»Nun machen Sie schon, Sie sind doch ein Mann.«
Zum Glück klingelt es. Ich greife gierig nach einem Kuchenstück und pule einen Streusel ab. Darunter ist der Kuchen heller. Sie wird es merken. Ich versuche, die Stelle mit dem Finger dunkel zu reiben. Sie spricht draußen mit einer Frau. Das Kuchenstück zerbricht mir in der Hand. Was mache ich bloß? Wie vertusche ich das? Ich stopfe

mir das ganze Stück in den Mund, kaue hastig und versuche, den verbliebenen Kuchen auf dem Teller so zu ordnen, daß sich die Lücke schließt. Es geht nicht, mein kunstvoller Aufbau bricht zusammen, ein Stück fällt auf die Tischplatte. Draußen im Flur bittet Frau Heuer die Frau hereinzukommen. Sie nähern sich. Fieberhaft puste ich die Krümel vom Tisch, verreibe sie mit den Füßen im Muster des Orientteppichs und richte die Stücke auf dem Teller notdürftig wieder aus. Es wird auffallen, daß ein Stück fehlt. Sie kommt. Ich habe den Mund noch voll, schlucke heftig.
Die beiden Frauen betreten den Raum.
»Das ist der Herr Bartzsch von oben«, werde ich vorgestellt. »Und das ist Doris, also Frau Ehrmann von schräg gegenüber im ersten Stock.« Ich erhebe mich, gebe der neuen Nachbarin stumm die Hand, wende mich ab und würge das letzte Kuchenteil hinunter. Ein Krümel bleibt am Rand der Luftröhre hängen, und auf meinem Sessel sehe ich zwei dicke Streusel liegen. Entweder setze ich mich darauf, oder sie verraten mich.
»Aha, von Schräg-Gegenüber«, krächzt der Streusel in meiner Kehle, »ein seltener Adelstitel.« Die beiden Frauen stutzen. Ich breite die Hände aus und räuspere mich. Der letzte Krümel rutscht hinunter. Ich beschließe, die weiteren Beweise meiner Untat zu vernichten, indem ich mich auf die Streusel setze. Mein Witz ist angekommen, die beiden Frauen lachen und nehmen Platz.

Frau Heuer stößt die Nachbarin an. »Nun erzähl schon, Doris, du bist ihm doch auch begegnet. Wie groß war der Hammer?«
Doris Ehrmann ist wie Frau Heuer wahrscheinlich auch schon weit über achtzig. Sie hebt die Hände, läßt sie flattern und stößt die Luft aus. Dann erstattet sie aufgeregt Bericht. Erst gestern hat sie ihn gesehen, und der Mann muß sie regelrecht verfolgt haben. Sie ist sich jedenfalls sicher, daß er es auf sie abgesehen hat, obwohl er am Ende doch nur mit dem Fahrrad an ihr vorbeigefahren ist. Und den Hammer hat er in einem Einkaufsbeutel an der Lenkstange gehabt, da ist sie sich ganz sicher. Einem Polizisten hat sie die Geschichte bereits erzählt. Aber die Polizei würde ja nichts unternehmen. Sie holt ihre Handtasche und wühlt darin, bis sie mehrere zerfledderte und vergilbte Zeitungsausschnitte findet, und schiebt sie mir triumphierend hin. Leichenfunde und Überfälle. Wahrscheinlich über Jahrzehnte hinweg gesammelt. »Alles an der Wandse passiert!«
»Sehen Sie«, sagt Frau Heuer zufrieden nickend zu mir, dann wendet sie sich wieder der Nachbarin zu. »Doris, jetzt schlagen wir zurück.« Sie wickelt einen Revolver aus dem Lappen und zielt auf mich. Ich sehe die Kugeln in der Trommel und versuche, dem Lauf auszuweichen.
»Nehmen Sie ihn schon, Sie sind doch ein Mann«, befiehlt Frau Heuer erneut.

Ich hebe die Hände. »Ich habe keine Ahnung davon.«
»Sie werden doch wissen, wie so etwas funktioniert.« Sie streckt mir den Lauf entgegen. »Los!«
»Ich fass den nicht an. Nehmen Sie den bloß weg.« Ich soll wohl meine Fingerabdrücke auf der Waffe hinterlassen.
»Männer«, stöhnt Frau Heuer verächtlich. Sie steht auf, holt ihre Handtasche und stopft den Revolver hinein. »Den haben wir jetzt immer bei uns, das sage ich Ihnen, Herr Bartzsch.«
Meine Argumente, daß sie sich damit eher gegenseitig oder einen Unschuldigen erschießen, nützen nichts. Erst als ich verspreche, mich um die Sache mit dem Hammermann zu kümmern, holt Frau Heuer die Waffe wieder aus der Tasche, dekoriert sie liebevoll zwischen den Fotos auf dem Altar ihres Mannes.
»Eine Woche«, sagt sie drohend zu mir. »Mehr geben wir Ihnen nicht! Was, Doris?«
Sie setzt sich wieder an den Kaffeetisch und verteilt endlich den Streuselkuchen. Als sie mir Kaffee einschenken will, zögere ich einen winzigen Moment, ihn abzulehnen. Meist bekomme ich davon Durchfall, aber manchmal geht es auch gut aus. Ich nippe daran. Ich verschlinge ein zweites Stück Streuselkuchen, schlürfe den süßen Kaffee. Köstlich. Das Gespräch wendet sich vom Hammermann den Nachbarn zu. Meine Kaffeetasse wird aufgefüllt. Wunderbar. Ich erlaube mir ein drittes Stück. Ich

lehne mich befriedigt zurück, da durchzuckt es meinen Bauch. Ich neige mich stöhnend nach vorn.
»Herr Bartzsch, was ist denn?«
»Oh, mir fällt gerade ein, ich habe das Bügeleisen nicht ausgeschaltet.«
Ein zweiter Blitz jagt durch meine Därme. Die Strafe für alles. Ich schaffe es gerade noch, mich nach oben in unsere Wohnung und aufs Klo zu schleppen. Da muß ich jetzt büßen.

Der Tote und der Taschendieb

Man stelle sich einen der klassischen Detektive vor, von Sherlock Holmes über Sam Spade bis zu Mike Hammer. Keiner von ihnen hatte jemals Darmkrämpfe und Durchfälle. Nein, die würden sich vor Schmerzen nur dann winden, wenn sie eine Kugel im Bauch hätten.
Ich reiße mich also zusammen und mache mich auf den Weg in den Park. Andererseits gibt es die modernen Detektive, von Schimanski bis Bella Block, die ich mir gut auf dem Klo vorstellen kann. Wie auch immer, es muß eine Kleinigkeit sein, den Mann mit dem Hammer zu finden. Simple Überwachungstätigkeit eines Weges, der streckenweise nur auf einer Seite der Wandse entlangführt. Ich brauche mich bloß auf eine Bank zu setzen und zu warten.
Unterwegs kaufe ich mir eine Zeitung, dann suche ich mir eine Bank im Park hinter der Hefefabrik.

Es ist ein ziemlich warmer Frühlingstag, und wären da nicht mein grummelnder Bauch, das leichte Pfeifen meiner asthmatischen Bronchien und der Hammermörder, so könnte ich als allergischer Frühpensionär mein Leben genießen.
Es kommen nur wenige Radfahrer vorbei, und schon gar keiner mit einem Hammer. Etwas entfernt sitzt ein Rentner und sonnt sich, obwohl die Wolken nur ab und zu ein paar Strahlen durchlassen.
Eine Frau schiebt einen Kinderwagen und wartet immer wieder auf ein kleines Mädchen, das hinter ihr hertrödelt. Als sie an dem Rentner vorbeigehen, beginnt das Baby zu schreien. Der alte Mann rührt sich nicht. Schließlich kommen sie zu mir. Das Baby sieht mich und schreit noch mehr. Die Mutter nimmt es auf den Arm, aber es läßt sich nicht beruhigen.
Es kommt niemand mehr. Die Zeitung habe ich überflogen. Mir wird langweilig. Das Holz der Bank ist doch noch ziemlich kalt und vom Regen durchfeuchtet. Bestimmt nicht gut für mein Gedärm. Da kommt ein dicker, finster blickender und schwarzgekleideter Kerl auf einem viel zu kleinen Klapprad mit vielen Einkaufstüten. Das könnte er sein. Nein, es ist ein Penner. Beim Vorbeifahren hinterläßt er einen beißenden Geruch nach Buttersäure.
Der Rentner hat die Augen immer noch nicht geöffnet. Ich betrachte ihn etwas genauer. An der Seite läuft eine dunkle Spur vom Schädel herab.

Plötzlich weiß ich, daß der Mann mit dem Hammer schon vor einiger Zeit vorbeigekommen ist. Und der alte Mann dort ist tot. Im Vorbeifahren mit dem Hammer erschlagen. Es gibt überhaupt keinen Zweifel. Das Baby hat es bemerkt. Babys haben ein Gespür für Tote. Ich stehe langsam auf und nähere mich dem Rentner.

Es ist eindeutig. Der Kopf des Mannes ist weit zurückgelegt, so würde niemand sitzen, und dadurch ist das Blut hinter die Bank getropft, und keiner hat es bemerkt. Ich weiß nicht, ob ich den Anblick einer eingeschlagenen Schädeldecke ertrage.

Ich stehe vor ihm. Kein Blut zu sehen. Die dunkle Spur an der Seite des Gesichts ist eine Haarsträhne. Aber er atmet nicht mehr. Seine Arme hängen schlaff herab. Wer weiß, wie lange der hier schon tot herumsitzt.

Ich muß mir für solche Fälle dringend ein Mobiltelefon anschaffen, damit ich die Polizei rufen kann. Wenn ich wenigstens etwas rotweißes Absperrband bei mir hätte, ich würde die Fläche um die Bank abriegeln, damit keine Kinder mit der Leiche spielen, während ich eine Telefonzelle suche.

Ich beschließe zu warten, bis jemand vorbeikommt, den ich beauftragen kann, die Polizei zu rufen.

Ich beuge mich über die Leiche, um die Kopfverletzung zu entdecken. In diesem Moment

grunzt der Tote und öffnet die Augen. »Hilfe, was wollen Sie?«
Ich weiche zurück. »Oh, Entschuldigung, ich dachte, Sie wären tot.«
Er sieht mich entsetzt an, und ich beeile mich zu erklären: »Es ist wegen des Mannes mit dem Hammer. Man hört soviel. Und ich dachte, es hätte ja sein können, also, es sah so aus, wie Sie da so reglos auf der Bank saßen, da dachte ich, mein Gott, verstehen Sie?«
Er steht auf, sieht mich mißtrauisch an, prüft den Inhalt seiner Taschen.
»Ich wollte schon die Polizei rufen«, erkläre ich weiter. »Sie machten wirklich den Eindruck, als ... also, es sah so aus, ehrlich.«
»Schon gut. Ich bin eingeschlafen. Sie haben ja recht, es ist gefährlich. Ich habe auch nicht daran gedacht. Gerade hier.« Er zeigt auf ein Gebüsch.
»Was war hier?«
»Eine Frau. Erschlagen.« Er durchforstet immer noch seine Mantel- und Jackentaschen. Dabei läßt er mich nicht aus den Augen, als fertige er bereits eine Beschreibung von mir an.
»Wann war das?«
»Letztes Jahr – oder ist es schon zwei Jahre her?«
»Wirklich?« Ich halte die Luft an, weil sich mein Bauch erneut meldet.
Er nickt. »Da fuhr er auch schon hier entlang, der Mann mit dem Hammer.«
»Sie haben ihn gesehen?«

Er stutzt bei der Durchsuchung seiner Sachen. »Wo ist mein ...?« Doch dann hellt sich sein Gesicht auf. Meine Därme winden sich wieder.
»Wie sieht der Mann aus?« Ich spüre, daß ich ziemlich dringend eine Toilette aufsuchen muß. Ich stoppe die Beschreibung des alten Mannes und verabschiede mich. Ich entferne mich schnell, zu schnell, denn der Rentner beginnt noch einmal, mißtrauisch seine Taschen abzuklopfen.

Ein altes Hausmittel wirkt sofort

»Bartzsch, bist du da?«
Sylvia kommt in der Mittagspause nach Hause. Sie ist Arzthelferin bei einem Internisten in der Wandsbeker Chaussee.
Ich höre sie durch die drei Zimmer unserer Wohnung laufen. Vorher haben wir am Dulsberg gewohnt, dort hatten wir zwar ein Zimmer mehr, aber dafür weniger Wohnfläche. Das schlimmste aber war nicht die Enge, sondern die Geräuschkulisse in dem Haus aus den fünfziger Jahren. Man bekam das Leben der Nachbarn ohrennah mit. Hier ist alles besser. Komfort der Siebziger.
»Bartzsch, ich muß dir was erzählen. Du glaubst es nicht. Wo bist du?«
Sie findet mich nicht, doch dann dämmert es ihr.
»Bartzsch, bist du auf dem Klo?«
»Ich komme gleich.« Es geht mir besser. Ich blicke in den Spiegel und lasse mich von ihm belügen.

Sylvia kocht in der Küche Reis und ist unbestechlich. »Bartzsch, was ist mit deinem Hals?« Sie kommt näher, hat diesen Arztblick.
»Es ist nichts«, versuche ich abzuwehren. Sie dreht meinen Kopf.
»Rötungen. Auch im Gesicht«, diagnostiziert sie. »Mit wem hast du mich betrogen?«
»Kaffee und Kuchen.«
»Du bist ein Idiot.«
»Ja.«
»Und nun hast du auch gar keinen Hunger?«
»Nein.«
Sie dreht den Herd ab und stellt den Topf mit dem Reis in die Spüle.
»Ich glaube«, sagt sie streng, »ich muß dich untersuchen.« Sie schiebt mich ins Schlafzimmer und befiehlt mir, mich auszuziehen. Sylvia ist eine starke Frau, und man tut besser, was sie verlangt. Dann geht es ihr nicht schnell genug, sie grinst, wirft mich rücklings aufs Bett und stürzt sich auf mich. Sie hat eine wunderbare Methode, mich nach den Symptomen einer Allergie zu untersuchen. Sie zieht nicht nur mich aus, sondern auch sich selbst. Natürlich nur, um zu vergleichen, ob eventuelle Hautrötungen etwa auch bei ihr zu finden sind, also ganz normal zu erhitzten Körpern gehören und nicht zu Allergien. Mit ihren sachkundigen Händen tastet sie nach meinen empfindlichen Stellen.
»Halt still«, befiehlt sie, »dies ist eine Untersuchung.«

Ich versuche, eine braver Patient zu sein, obwohl ihre Inspektion diesmal unter der dunklen Bettdecke stattfindet. Wenn sie alles getestet hat, kommt ihre Heilmethode. Meist beginnt es damit, daß sie sich eines meiner Ohren vornimmt und daran knabbert. Es geht dann immer so weiter, wie es sich jeder vorstellen kann, denn ihre Behandlung ist ein altes Hausmittel, und am Ende bin ich vollständig geheilt. Wenigstens für den Moment.
Sylvia schreckt plötzlich hoch. In der Eile hatten wir vergessen, das Zelt zu schließen. Dazu muß man wissen, daß unser Bett ganz und gar von einem Zelt aus einer annähernd luftdichten Folie umhüllt ist, um weitgehend Staub, Pollen, Milben und ähnliches abzuhalten, eben alles, was meine Allergien auslösen könnte. Frischluft kommt durch Kohlefilter herein. Zusätzlich läuft drinnen Tag und Nacht ein Luftreiniger. Die gesamte Konstruktion ist meine eigene Erfindung. Sie hat sich gegen mein Asthma bewährt. Schon zwei Jahre lang bin ich nicht mehr mit Blaulicht und Erstickungsanfällen ins Krankenhaus eingeliefert worden.
Sylvia springt auf, verschließt das Zelt und kommt wieder in meine Arme. Sie kichert in sich hinein. »Weißt du, was ich vorhin im Park gesehen habe? Du wirst es nicht glauben. Ich kannte so was nur von Erzählungen.«
»Nun sag es schon.«

»Ein Kerl. Er stand im Gebüsch, und als ich mit dem Fahrrad vorbeifahre, da zieht er seine Jogginghose runter.«
»Ein Exhibitionist?« Mir kommt ein Verdacht. »Hatte er einen Hammer?«
»Nur ein bißchen, nicht so richtig.«
»Ich meinen einen richtigen, einen aus Eisen.«
Sie stöhnt. »Oh, ihr Männer, euch geht es auch nur darum.«
»Ich meine doch, ob es der Mann mit dem Hammer war!«
Wir bekommen beide einen Lachanfall.
»Nein, keinen Hammer aus Eisen«, japst Sylvia schließlich.
»Und was hast du getan?«
»Ich habe gelacht und bin weitergefahren.«
»Der arme Kerl. Ich glaube, du hast ihm sein Vergnügen genommen.«
Sylvia wird ernst. »Hat es da vor zwei Jahren an der Wandse nicht mal eine Vergewaltigung gegeben?«
»Exhibitionisten vergewaltigen nicht, die sind harmlos, die wollen nur zeigen.«
»Und was macht der Mann mit dem Hammer?«
»Ich werde es herausfinden.« Ich berichte Sylvia alles, was ich von den Nachbarinnen erfahren habe und daß ich wieder Detektiv spielen will. Die Geschichte mit dem Rentner auf der Bank lasse ich aus. Sie ist mir peinlich.
Sylvia ist vor allem über den sportlichen Teil begeistert. »Du brauchst ein Fahrrad«, sagt sie,

»damit kannst du die ganze Wandse entlangfahren. Von der Quelle bis zur Alster. Ich lasse dir meines da.«
»Wo ist überhaupt die Quelle?«
»Das kannst du ja auch gleich herausfinden.«
Ich ziehe die Bettdecke über den Kopf. »Sylvia?«
»Ja.«
»Ich glaube, ich bin schon wieder ganz krank, könntest du mich noch einmal untersuchen?«
Sie schubst mich zur Seite, springt aus dem Bett. »Zu spät. Ich muß ja jetzt zu Fuß zurück in die Praxis.«
»Komm, du kannst das Fahrrad doch heute noch behalten.«
Ich bettle. Alles, was ich erreiche, ist ein flüchtiger Kuß.

Wenn ich mich bewege, bin ich tot

Ich bin Besitzer eines patentgefalteten Stadtplans. Es müßte doch einfach sein, dem Verlauf der Wandse darin zu folgen. Ich weiß nicht, warum ich immer wieder beim Umblättern im falschen Kartenausschnitt lande und der richtige Ausschnitt sich nicht öffnen will. Ich falte hin und her, trenne schließlich Kartenteile auf und versuche entnervt, den Plan ganz auseinanderzuziehen, wobei er an einer Stelle zerreißt, immer noch nicht plan ist, ich noch an einem Stück ziehe und plötzlich drei Teile in meinen Händen halte. Wütend

knülle ich alles zusammen und stoße einen Urschrei aus. Schon als ich ihn das erste Mal benutzte, gelang es mir nicht, ihn korrekt wieder zusammenzufalten. Ich weiß, daß damit das Verhängnis begann, dessen Folgen mich nun einen Beruhigungstee kochen lassen.
Ich beruhige mich, bevor der Tee fertig ist, und hole den alten Atlas für Hamburger Schulen hervor. Die Kartenzeichner waren sich nicht ganz einig, mal entspringt die Wandse zwischen Stapelfeld und Braak, mal kommt sie direkt aus den Häusern im Dorf Siek, und bevor sie in die Außenalster mündet, heißt sie einfach Eilbekkanal. Es scheint, die Wandsbeker haben 1938 nicht nur ihre Eigenständigkeit als Stadt verloren, sondern auch ihren Fluß.
Die Erforschung der Wandsequelle hebe ich mir für einen Sonntagsausflug mit Sylvia auf. Ich schwinge mich auf ihr Fahrrad. Die Hefefabrik gibt keinen Hefegeruch mehr ab, die Wolken sind weg, und die Frühjahrssonne beginnt, alles zu trocknen. Ich muß mich beeilen, bald wird die Luft vor lauter Blütenstaub für einen an Heuschnupfen Leidenden wieder knapp werden. Unten an der Wandsbeker Allee gucke ich im Vorbeifahren von der Brücke in die schmale Kerbe, in der die Wandse fließen darf. Aber erst als ich an der Bank des »toten« Rentners vorbeifahre, dringt mir das Bild vom Grund des Baches an der Brücke ins Bewußtsein: Da lag ein Hammer! Ich steige in die

Bremse, schwinge das Rad herum und fahre zurück. Da ist er. Es ist kein Hammer. Ein Stock und ein Stein liegen so im Wasser zusammen, als wäre es einer. Es fängt gut an, erst der vermeintlich Tote auf der Bank und jetzt das. Wenn ich nicht aufpasse, sehe ich überall nur noch Hämmer und Leichen.
Ich fahre weiter die Wandse entlang, auf der anderen Seite liegen die großen Tanks der Hefefabrik. Wer weiß, was dort außerdem produziert wird. Man riecht nichts. Es sind keine Spaziergänger unterwegs. Ein paar eilige Radfahrer überholen mich. Alle ohne Hammer. Links ein Spielplatz. Keine Kinder, keine Mütter. Rechts ein Wehr. Die Wandse fließt eine schräge Mauer hinunter. Der Müll bleibt oben hängen. Kein Mensch auf den Bänken. Ich fahre weiter und halte nach Menschen Ausschau, die ich befragen kann. Der Mann mit dem Hammer scheint sie alle vertrieben zu haben. Vielleicht liegen sie erschlagen in den Büschen?
Ich überquere die Holzmühlenstraße. Eine Frau schiebt ein Fahrrad mit einem Kindersitz. Ein kleiner Junge kommt hinter einem Gebüsch hervor. Hat er gerade mit einer Leiche gespielt?
»Entschuldigen Sie.« Ich steige ab. »Ist Ihnen hier jemals ein Mann mit einem Hammer begegnet?«
Sie lacht. »Ach der.«
»Wieso?«
»Na, von dem reden alle.«
»Genau.«

Sie legt den Kopf schief und betrachtet mich von oben bis unten. »Sie könnten es sein.«
»Ich? Sieht er aus wie ich?«
»Ich habe ihn noch nie gesehen. Ich kenne ihn nur aus Beschreibungen. Von den anderen Müttern aus dem Kindergarten.« Sie zeigt auf den Backsteinbau der Kreuzkirche. Dahinter liegt der Kindergarten.
»Glauben Sie, ich finde da jemanden, der mir mehr über den Mann sagen kann?«
»Nee, ist schon Schluß.« Sie hebt ihren Sohn in den Kindersitz. Sie will losfahren. »Wissen Sie, ich glaube, den Hammermann, den gibt es gar nicht.«
»Papa«, sagt ihr Sohn. »Papa macht das mit dem Hammer.«
»Dann ist ja alles klar.«
Ich winke und fahre weiter.
Die beiden blauen Stahlplastiken vor der Kirche sehen aus, als wären es Warnsignale vor dem Hammermörder.
Rechts vom Weg liegt das Eichtalrestaurant, wahrscheinlich war das mal ein Mühlengebäude, denn direkt daneben ist wieder ein Wehr. Hier staut sich die Wandse hintereinander zu zwei Teichen. Acht Wassermühlen hat es entlang der Wandse mal gegeben. Das ist lange her.
Auf der großen Wiese stehen ein paar Hundebesitzer. Einer der Schäferhunde sieht mich, bellt, dann löst er sich aus der Gruppe, rast geradewegs auf mich zu. Sein Besitzer ruft ihn zurück,

schreit, aber der Hund hört nicht, der hat mich genau im Visier, galoppiert immer schneller auf mich zu. Sein Herr rennt hinter ihm her, brüllt sinnlos Befehle wie »Sitz! Hierher! Platz! Bei Fuß«. Vielleicht gelten sie mir? Was mach ich bloß? Weiß der Köter nicht, daß mich als Allergiker allein seine Haare umbringen können? Ich sehe das Weiße seiner Augen und seiner Zähne. Ich steige vom Rad und halte es als Schutz vor mich. Wenn der mich anspringt, nützt auch das nichts. Kurz bevor er mich erreicht, werfe ich ihm das Fahrrad entgegen. Im gleichen Augenblick stoppt er. Sein heiseres Gebell ist pure Wut. Und ich weiß, wenn ich mich bewege, bin ich tot. Halsschlagader durchgebissen. Gesicht bis zur Unkenntlichkeit zerfleischt.
»Hau ab, du Scheißköter! Verschwinde, du altes Mistvieh!« Ich mache mir Mut. Wenn er springt, ramme ich ihm mein Knie in den Unterleib.
Der Hundebesitzer kommt heran, fällt in das Gebell seines Hundes mit ein, schnauzt mich an: »Sie spinnen wohl!«
Er zieht dem Hund die Leine über den Rücken. Das Tier jault und ist still, drückt sich an die Beine seines Herrn und setzt sich auf dessen Schuhe.
Der Mann hat die Leine noch in der erhobenen Hand. Jetzt kriege ich bestimmt auch noch ein paar übergezogen. »Sie ticken wohl nicht richtig«, schnauzt er mich an. »Wenn hier einer Scheiße ist, dann sind Sie das und nicht mein Hund!«

Der Hund duckt sich, er sieht die Sache wohl anders.
»Na, Sie sind gut, Ihre Töle stürzt sich auf mich. Nehmen Sie den mal an die Leine. Der ist ein Mordwerkzeug.«
»Töle? Ich höre wohl nicht recht! Sie wollen wohl ein paar in die Schnauze haben.« Er macht einen Schritt auf mich zu.
Ich weiche zurück. »Was habe ich denn gemacht? Ihr Köter ist es doch, der auf mich losgegangen ist.«
»Köter?« Er boxt nach mir, trifft mich nicht. »Wenn Sie noch einmal Köter sagen! Sie spinnen wohl. Sie haben meinen Harras provoziert! So ist das doch!«
»Ich bin hier ganz normal ...«
»Sie sind abgestiegen, haben ihn gereizt und beschimpft. Sie wollten mit dem Fahrrad auf ihn los. Das kann hier jeder bezeugen.«
Die anderen Hunde beginnen wie zur Bestätigung zu bellen und ziehen ihre Besitzer an den Leinen hinter sich her. Sie wollen mein Blut. Auch Harras kläfft und knurrt wieder. Die wütende Meute kommt immer näher.
»Halten Sie bloß Ihren Köter fest.« Ich werde in den Teich springen müssen, um mich zu retten. Ich steige aufs Rad. Harras schnappt nach mir. Nur die dünne Leine hält ihn noch vom Morden ab. Ich spüre das Kribbeln in der Nase, und schon entlädt sich ein doppelter Nieser. Auf einen Schlag herrscht Ruhe. Die Hunde weichen

zurück. Ich fahre los, kann aber kaum etwas sehen, weil ich immer wieder niesen muß, mir das Wasser in die Augen steigt und der Rotz aus der Nase läuft. Ich fahre über die kleine Brücke zwischen den Teichen zur Ahrensburger Straße hoch, bloß weg von den Hundehaaren. Dann halte ich an, hole mein Taschentuch hervor. Das ganze Gesicht juckt, die Augen tränen. Moment mal, ist da nicht eben ein Mann auf einem Fahrrad an mir vorbeigefahren, an dessen Seite ein Hammer baumelte?

Falltüren, Giftpfeile und Totenköpfe

Sosehr ich in die Pedale trete, ich kann ihn nicht einholen. Mir fehlt die Luft. Und er hat eine rotes Rennrad. Haben nicht alle Zeugen von einem alten schwarzen Rad gesprochen? Also war es der Falsche.

Ich fahre gemächlich bis zum Ölmühlenweg und biege dort wieder in den Park entlang der Wandse ein. Hier war früher mal ein Freibad. Von den Schwimmbecken sind zwei Teiche übriggeblieben. Die Wandse wird hier breiter und hat Inseln. Auf der anderen Seite schwingt sich ein richtiger kleiner Berg in die Höhe. Die Wandsbeker Schweiz. Stilgerecht weht dort oben auf dem Hügel hinter den Bäumen eine rote Fahne mit weißem Kreuz. Es ist die Residenz des Schweizerischen Generalkonsulats.

Zwei Jogger überholen mich. Den einen kenne ich aus dem Fernsehen. Es sind Boxer aus dem Universum Boxstall. Auch ganz in der Nähe. Drei Frauen kommen mir mit kleinen Hunden entgegen. Ich steige ab und warte, bis sie heran sind. Die Hunde interessieren sich nicht für mich. Sie haben die Nasen am Boden und folgen hintereinander sicher einer unsichtbaren Blutspur.
Die Frauen lachen. Klar kennen sie den Mann mit dem Hammer. Eine weiß sogar genau, wo er wohnt. Sie beschreibt es mir. Es ist nicht weit. Ein Einfamilienhaus in einer kleinen Straße. Ich soll nicht klingeln, sondern gleich in den Hof gehen. Er sei immer hinten am Basteln.
Ich schwinge mich wieder auf das Rad.
Es ist so, wie die Frau gesagt hat. Es macht keiner auf. Ich gehe ums Haus herum. Hinten steht ein kleiner Anhänger voller Sand. Eine Treppe am Haus führt in den Keller. Die Tür steht offen.
»Hallo, ist da jemand?«
»Wer ist da?« tönt es dumpf zurück. Dann kommt ein kräftiger, etwa fünfzigjähriger Mann in einem schwarzen verdreckten Arbeitsanzug zum Vorschein. Er hält einen Spaten wie eine Waffe in beiden Händen.
»Sind Sie der Mann mit dem Hammer?« frage ich.
»Kommen Sie wegen der Leiche?«
»Nicht direkt. Welche Leiche?«
»Sind Sie von der Polizei?«
»Nicht direkt. Welche Leiche?«

»Na, da am Kuhmühlenteich haben die doch eine Leiche gefunden. Mit einem Hammer erschlagen.«
»Wann war das?«
»Tja, wann war das? Das dürfen Sie mich jetzt nicht fragen.«
»Und waren Sie das?«
»Klar, ich fahre immer durch die Gegend und haue den Leuten mit dem Hammer auf den Kopf.« Er grinst, schüttelt den Kopf. »Tut mir leid, aber ich war es nicht.«
»Die Leute sagen aber, Sie wären der Mann mit dem Hammer.«
Er lacht. Er sieht wirklich nicht wie ein Mörder aus. Andererseits frage ich mich, was er da gerade in seinem Keller vergräbt. Das kann doch nur eine Leiche sein. Er erklärt, daß er eine Zeitlang immer einen Vorschlaghammer von seiner Arbeit mit nach Hause genommen hat, um eine Mauer abzureißen. Er arbeitet im Industriegebiet an der Rahlau und nimmt für die Strecke das Fahrrad.
»Wissen Sie, der Mann, den Sie suchen, der fährt die Wandse entlang, morgens stadtauswärts und abends stadteinwärts. Ich kreuze die Wandse nur. Den Hammermann habe ich schon mehrmals gesehen. So ein dicker Kerl, auf einem schwarzen Fahrrad. Ein Irrer, sage ich Ihnen. Vor dem muß man sich in acht nehmen.«
»Und was machen Sie da im Keller?«
Er winkt mir, ich soll mit hinuntergehen. Zögernd folge ich. Ich bin nicht besonders mutig.

Andererseits glaube ich nicht, daß er der Mann ist, den ich suche, aber in einer Großstadt laufen immer eine ganze Reihe Mörder durch die Gegend, wenn man den Boulevardblättern glauben darf. Was die gewöhnlich verschweigen, ist, daß Mörder und Opfer sich meist lange vorher kennen, oft sogar verwandt sind. Theoretisch bin ich also ziemlich sicher.

Der Keller ist gar kein Keller, sondern eine Art Bergwerk. Überall Holzstützen und ins Erdreich gegrabene Gänge. An losen Kabeln hängen vergitterte Lampen. Der Mann ist verschwunden. Er ruft mich von weiter hinten. Vorsichtig folge ich, immer auf der Hut vor Falltüren, Giftpfeilen und Totenköpfen. Der krumme Gang öffnet sich zu einer fast rechteckig ausgeschachteten Höhle. Hier steht er und hat eine Lampe auf einen Mauerrest gerichtet.

»Was machen Sie? Graben Sie nach einem Schatz?«

»Das ist die Mauer, die ich hier gefunden und abgetragen habe.«

»Was war das?«

»Vielleicht ein alter Brunnen.«

»Und was wird das alles?«

»Wissen Sie, das Haus hatte keinen Keller. Brauche ich eigentlich auch gar nicht. Bin ja allein. Aber nachdem meine Eltern gestorben waren, ich alle Spielfilme im Fernsehen schon kannte und schließlich sogar den Verlauf und das Ende jeder

Fernsehsendung voraussagen konnte, da habe ich angefangen, das Haus zu unterhöhlen. Kann ja nicht schaden, wenn ein Haus einen Keller hat. Inzwischen hat es zwei.«
»Zwei?«
»Zwei Kelleretagen.«
»Sie meinen, hier ist noch ein Keller unter dem Keller?«
Er nickt. Ich versuche, mich so leicht wie möglich zu machen. »Es bricht nicht ein?«
»Alles abgestützt.«
Ich gehe langsam zurück. Ich muß hier lebend raus. Er folgt mir.
»Aber was haben Sie mit der Erde gemacht?«
»Immer auf den Hänger und dann nachts rausgefahren. Soll ja keiner wissen, was ich hier mache, sonst kommen noch die Behördenheinis.«
Erleichtert stehe ich wieder auf dem Hof.
»Haben Sie keine Angst, daß es zusammenbricht? Das ganze Haus könnte doch ...«
Er zuckt mit den Schultern. »Was soll ich denn machen? Ich hab doch nichts zu tun. Und eine Frau kriege ich nicht mehr.«

Ich brauche mein tägliches Quantum

Das Bild des Mannes mit dem Hammer vervollständigt sich. Alle, die ihn gesehen haben, reden von einem schwarzen Fahrrad. Auch Lenker, Felgen und sogar die Speichen müssen

schwarz angemalt sein. Die Beschreibung der Figur des Mannes schwankt wie die Form seines Hammers von sehr lang bis kurz und dick. Eine blaue Jacke und eine dunkle Pudelmütze kommen oft vor. Die stechenden Augen und den finsteren Gesichtsausdruck nehme ich nicht so ernst, beides soll natürlich seine Gefährlichkeit unterstreichen.
Die präzisesten Angaben liefert mir auf der Rückfahrt ein Mann in einem Bundeswehrparka beim Botanischen Garten hinter der ehemaligen Ölmühle. Auf einer Bank hat er seinen Biervorrat in einer Plastiktüte abgelegt. Zu seinen Füßen findet sich eine Ansammlung von Kippen, denn er raucht Kette. Beim Erzählen geht er mit kleinen Schritten immer hin und her und vor und zurück, als hätte er es eilig.
Gleich zu Beginn unseres Gesprächs hat er mir auch eine Dose angeboten, aber jetzt ist er wohl froh, daß ich sein Angebot nicht angenommen habe, denn nun holt er seine dritte und letzte Bierdose aus der Tüte. Er lächelt und prostet mir zu. Er trinkt die Dose in einem Zug halb aus, dann kommt er einen Schritt näher und senkt seine Stimme.
»Wissen Sie, zu Hause darf ich nicht. Aber ich brauche mein tägliches Quantum.«
»Ihre Frau?«
Er nickt. »Wenn ich wieder anfange zu saufen, verläßt sie mich, hat sie gesagt. Sie teilt mir täglich nur ein Bier zu. Zur Tagesschau. Davon kann ich nicht leben.«

»Und mit den Zigaretten ist es genauso?«
»Nicht ganz. Sie mag es nicht, wenn ich rauche. Aber ich kann auf den Balkon gehen. Nee, es ist eher wegen des Bieres. Ich kann es nicht so schnell trinken ohne Zigaretten.«
»Und riecht sie es nicht: das Bier?«
Er lacht, gräbt mit der Hand in der Tasche seines Parkas und kommt mit einer grünen Flasche wieder hervor. »Den letzten Schluck nehme ich daraus.«
»Was ist das?«
»Parfüm.«
Er läßt mich daran riechen. Dann packt er seine Tüte, knüllt sie zusammen und wirft sie zu den leeren Dosen in den Papierkorb. Er blickt zur Uhr.
»Ich muß los.«
Ich hebe die Hand, winke ihm nach, da kommt er noch einmal zurück.
»Der Mann, der mit dem Hammer. Ich glaube, der wohnt irgendwo bei der Kuhmühle. Da habe ich ihn mal gesehen, vom Auto aus.«
»Könnte es nicht sein, daß er dort arbeitet und am anderen Ende irgendwo in Rahlstedt wohnt?«
»Meinen Sie, der arbeitet?« Er grinst. »Das ist doch einer von uns, wenn Sie mich fragen, zu jung zum Sterben, zu alt zum Arbeiten.« Er kratzt sich den Kopf. »Einmal habe ich ihn allerdings auch mit einem Spaten über der Schulter gesehen.«
»In welche Richtung fuhr er da?«
»Keine Ahnung. Ich meine nur wegen der Verbrechen.«

»Welcher?«
»Der muß die Frauen doch hier irgendwo entlang der Wandse gut vergraben, sonst würde man doch mal was hören, von so einem Leichenfund.«
»Sie meinen, der bringt Frauen um?«
»Das wollen wir doch wohl hoffen.« Er grinst.
Ich steige auf die Pedale und verabschiede mich. Ein alter Mann kommt mir entgegen und bleibt erschrocken stehen. Zwei Frauen mit Einkaufstüten weichen angstvoll aus. Ein kleines Mädchen läuft schreiend in die Arme seiner Mutter. Was ist plötzlich los? Bin ich der Mann mit dem Hammer? Ich schaue an mir herunter. Ich sehe aus wie immer. Vielleicht ist es meine rote Allergikernase, mein leicht röchelnder Asthma-Atem oder das Mondgesicht vom jahrelangen Kortisongebrauch. Ich weiß, daß ich manchmal zum Fürchten bin.

Keinen Kuchen mehr

Kaum ist Sylvia zur Arbeit gegangen, steht Frau Heuer vor der Tür. Sie atmet schwer. Gerade will ich fragen, ob sie auch zur immer größer werdenden Asthma-Gemeinde gehört, da stöhnt sie: »Die Treppen sind nichts für eine alte Frau.«
Sie reckt den Kopf, guckt an mir vorbei in die Wohnung. »Ist sie weg?« fragt sie, als wäre sie meine Geliebte. »Sie war gestern noch bei mir und

hat geschimpft. Tut mir leid, aber ich darf Ihnen keinen Kaffee mehr anbieten. Und dann hat sie mir noch genau beschrieben, welche Zutaten ich nicht mehr in den Kuchen tun darf.«

»Sie ist immer sehr besorgt um mich.«

Frau Heuer zieht eine Zeitung unter dem Arm hervor, wedelt damit.

»Er hat wieder zugeschlagen, der Mann mit dem Hammer.«

Ich bitte sie herein. Wir setzen uns an den Küchentisch.

»Tee?«

Sie schnüffelt, rümpft die Nase.

»Eisenkraut«, ergänze ich und hebe den Deckel der Kanne.

»Das kann man trinken? Liegt das nicht viel zu schwer im Magen?« Sie legt mir die Hand auf den Arm und zwinkert mit den Augen. »Wollen wir runter zu mir und eine Tasse Kaffee ...« Ich sehe, wie ihr Hörner aus der Stirn wachsen. Dann schlägt sie die Zeitung auf und schiebt sie mir hin. Sie hat zwei kleine Meldungen angestrichen.

Über der ersten steht: Parkschaden. Sechs Autos, verbotswidrig an der Kuhmühle auf dem Radfahrweg abgestellt, sind von einem unbekannten Radfahrer demoliert worden.

»Garantiert mit einem Hammer«, ergänzt Frau Heuer.

Ich lese den zweiten Artikel: »Handtaschenraub. Rüstige Rentnerin wehrte sich erfolgreich gegen einen Räuber. In einem Park an der Wandse verteidigte sie ihre Handtasche mit Stockschlägen. Der Dieb ließ von ihr ab und flüchtete auf einem Fahrrad.«

»Das war ich«, ergänzt Frau Heuer stolz.

»Wirklich.«

»Aber sie haben vergessen zu schreiben, daß es der Mann mit dem Hammer war. Ich habe ihn der Polizei und dem jungen Mann von der Zeitung genau beschrieben.«

»Sie sind ihm begegnet?«

»Nein, ich habe ihn angerufen.«

»Sie haben eine Telefonnummer von dem Mann mit dem Hammer?«

»Ach was, der war doch gar nicht da. Ich meine, ich habe die Zeitung angerufen und dann die Polizei.«

»Der Mann mit dem Hammer war gar nicht da?«

»Nein, ich habe das alles erfunden.«

Sie sieht mich spottisch an. »Sie sind ein bißchen schwer von Begriff, Herr Bartzsch. Und Sie wollen Detektiv sein?«

Sie gießt sich doch etwas Tee ein. »Aber vielleicht sind Sie ja so was wie dieser Columbo im Fernsehen. Der stellt sich auch immer doof.« Sie trinkt und verzieht den Mund.

»Ist aber gesund«, sage ich.

»Sich doof stellen auch. Die Dummen leben länger.«

»Und wie alt waren Sie noch mal ...«

Ich weiß genau, daß sie bald neunzig wird. Sie droht mir mit dem Finger.

»Zurück zu den klugen Menschen, Herr Bartzsch. Ich sage es jetzt mal ganz langsam, damit auch Sie es verstehen: Es hat gar keinen Handtaschenräuber gegeben, Herr Bartzsch. Ich habe das alles erfunden, um mal ein bißchen Schwung in die Sache zu bringen. Verstehen Sie? Und nun passiert das: Die lassen in ihrem Bericht den Mann mit dem Hammer einfach weg!«
»Die haben Ihnen nicht geglaubt.«
»Das habe ich anfangs auch gedacht.« Sie beugt sich vor und kneift die Augen zu Schlitzen zusammen. »Aber ich bin ja nicht doof, mein lieber Herr Bartzsch.«
Sie lehnt sich wieder zurück, richtet sich auf und sieht triumphierend auf mich herab. »Es ist nämlich so: Wenn die Polizei jemanden sucht, der immer einen Hammer bei sich trägt, dann werden sie dieses Detail nicht veröffentlichen, sonst würde er ja sein Erkennungszeichen ablegen, und sie könnten ihn nicht mehr finden. So ist das nämlich, Herr Bartzsch. Und deshalb steht das nicht in der Zeitung.«
Sie verschränkt die Arme vor der Brust und wartet auf meine Bewunderung. Ich lasse sie warten, dann sage ich:
»Sie kommen ins Gefängnis!«
»Was?«
»Die Vortäuschung einer Straftat wird mit ebensoviel Jahren Gefängnis bestraft wie die Straftat selbst.«

»Ach was!« Sie wischt mit der flachen Hand alle Krümel von meinem Küchentisch. »Unsinn.«
Ich wiege bedenklich den Kopf. Sie steht auf. »Ungewöhnliche Situationen erfordern ungewöhnliche Maßnahmen.«
»Sagte der Mörder!« ergänze ich.
Sie stößt die Luft aus und geht beleidigt zur Tür. »Schluß mit Kuchen.« Aber ich weiß, daß sie es nicht ernst meint. Unser ganzes Gespräch hat den Charakter eines Flirts.
»Übrigens, ich weiß, warum der Mann immer einen Hammer bei sich hat.«
Sie bleibt stehen.
»Er hat Angst.«
»Wovor?«
»Vor Frauen wie Ihnen.«
Ich grinse breit. Aber sie findet es nicht zum Lachen. »Sie haben recht, wenn alle Frauen wären wie ich, gäbe es solche Kerle gar nicht.«
Sie zeigt mit ihrem Finger auf mich.
»Keinen Kuchen mehr für mich?« frage ich.
»Nicht bevor Sie den Hammermann gefunden haben.«

Es liegt was in der Luft

Es ist einer jener Tage, an denen es als Asthmatiker besser ist, sein Bronchospray immer bei sich zu haben. Kaum war Frau Heuer weg, schleuderte mich ein Niesanfall den Flur entlang.

Jetzt sitzt ein ganzes Orchester in meinen Bronchien und stimmt sich ein. Es liegt was in der Luft.
Ich hole das Fahrrad aus dem Keller und beschließe, mich heute keiner besonderen Anstrengung auszusetzen. Es ist bewölkt, ziemlich windig. Leider sieht der Himmel nicht nach einem luftreinigenden Regen aus. Eher nach dem Beginn eines dieser Frühlingsstürme.
Gegen den Wind radle ich die Wandse entlang. Alle anderen Menschen sind gemütlich zu Hause geblieben, nur die Hundebesitzer mußten mal raus. Vor dem Friedrichsberger Bahnhof gibt sich die Wandse noch idyllisch als Mühlenteich. Vor Ratten wird gewarnt. Danach fließt sie entlang des Eilbeker Krankenhauses, um am Ende die Form des Eilbekkanals anzunehmen. Eingemauert. Vielleicht Ausdruck zeitweiliger Feindschaft zwischen Wandsbek und Hamburg aus früheren Jahrhunderten. Oder auch Ausdruck guter Zusammenarbeit, denn der Eilbekkanal ist schiffbar. Hinter der Frohbotschaftskirche ist noch ein kleiner Anleger: der Wandsbeker Hafen?
Ich fahre auf der Seite der Uferstraße weiter. Vorbei an der Klinik Finkenau. Geburtsstätte vieler Hamburger. Vorbei an der Hochschule für bildende Künste. Geburtsstätte vieler Künstler. Auf der Strecke habe ich zwei Radfahrer, eine Frau mit Dackel und ein junges Mädchen mit Rucksack gezählt. Alle unverdächtig. Daß heißt,

das Mädchen hätte natürlich in ihrem Rucksack die Leichenteile ihres zersägten, weil treulosen Geliebten tragen können, um sie einzeln im Eilbekkanal zu versenken. Die beiden Radfahrer waren dann auf dem Weg zu einem Einbruch, und bei der Frau mit dem Dackel handelte es sich um eine steckbrieflich gesuchte Trickbetrügerin. Aber das darf mich jetzt nicht interessieren. Ich habe den Kuhmühlenteich erreicht und umrunde ihn, um endlich dem Mann mit dem Hammer zu begegnen. Bei der Kirche setze ich mich auf eine Bank, und nach zehn Minuten merke ich, es ist der falsche Platz. Die Radfahrer mit den Hämmern fahren auf der anderen Seite des Teiches entlang. Es waren schon eine ganze Reihe, während hier gerade mal zwei dünne Kunststudentinnen, identifizierbar an ihren großen schwarzen Mappen, vorbeigegangen sind.

Ich radle rüber und setze mich auf das Geländer entlang des Teiches. Die Radfahrer haben meinen Ortswechsel sofort spitzgekriegt und fahren jetzt prompt auf der anderen Seite. Alle haben ein schwarzes Rad und einen Hammer unter ihren blauen Jacken.

Es wird immer windiger und ungemütlicher. Ein richtiger Detektiv sollte seine Fälle bei diesem Wetter durch Nachdenken im Bett lösen und nicht, indem er frierend herumsteht und sich eine Erkältung holt. Ich schwinge mich auf den Sattel, und im gleichen Moment passiert das, wofür ich Fahrräder hasse: Die Kette springt ab. Ich lasse das Rad fallen und trete nach. Das hat es davon! Ich knurre und beschimpfe es. Wenn es nicht Sylvias Rad wäre, würde ich es jetzt in den Mühlenteich werfen und ein Taxi nach Hause nehmen. Pfeifend fährt ein anderer Radfahrer an mir vorbei. Ich sehe ihm wütend hinterher und entdecke, daß er ein vollkommen schwarzes Rad fährt, eine blaue Jacke trägt. Eine dunkelblaue Pudelmütze sitzt auf seinem Kopf, und im Gepäckträger klemmt ein Hammer.

»He, halt«, schreie ich, aber er ist schon zu weit in Richtung Wandsbek. Fieberhaft hebe ich das Rad hoch, lege die ölige Kette auf das vordere Zahnrad und drehe langsam die Pedale. Die Kette springt wieder herunter. So hat es keinen Sinn. Ich muß das Fahrrad herumdrehen. Mit den Rädern nach oben gelingt es mir beim zweiten Versuch, die Kette wieder aufzuziehen. Meine Hände sind voller Schmiere. Ich wische sie in einem Papiertaschentuch ab. Das Öl läßt sich nicht entfernen. Der Mann mit dem Hammer ist schon nicht mehr zu sehen.

Im Grunde müßte ich die Kette noch nachspannen, aber es gibt keine Werkzeugtasche. Ich fahre langsam, ohne großen Druck auf die Pedale, und weiche allen Unebenheiten aus, damit die Kette oben bleibt. Den Mann mit dem Hammer hole ich so nicht ein, den kann ich vergessen. Da hilft auch

der Rückenwind nicht. Aber ich folge seiner Richtung, denn vielleicht fällt links oder rechts des Weges eine Leiche für mich ab. Es kann ja auch sein, daß er beim Niederhämmern von Passanten aufgehalten wird. Wer weiß.
Im Eichtalpark immer noch keine Spur. Er kann natürlich längst abgebogen sein. Ins Einkaufszentrum am Wandsbeker Markt. Mit dem Hammer einkaufen? Oder er besucht noch seine Tante auf dem Dulsberg. Ich merke, daß mir alle möglichen Ausflüchte einfallen, um nicht weiterzufahren, denn vor mir liegt die Hundewiese, und ich höre schon das Gebell.
Ich bin ein Feigling. Ich biege zur Ahrensburger Straße ab und hinter der Hundewiese wieder in den Park hinein. Kurz vor dem Ölmühlenweg sehe ich den Mann mit seinem Quantum bei einer Parkbank. Er schwenkt seine Bierdose und ruft: »Er ist vor fünf Minuten hiergewesen.«
Als ich vorbeifahre, winkt er mich durch wie bei einem Wettrennen. »Schneller, schneller«, skandiert er.
Ich kann nicht schneller.
Auf Höhe des Freibades Ostende gebe ich atemlos auf. Ich eigne mich nicht für Verfolgungsjagden. Meine Bronchien röcheln. Ich eigne mich überhaupt nicht für lange Radtouren. Ich bin fix und fertig. Ich lasse mich auf eine Bank fallen und schließe die Augen. Es hat alles keinen Sinn. Ein schnaufendes Geräusch läßt mich erschrocken

hochfahren. Ein Rauhhaardackel schnüffelt an meiner Hose.
»Der tut nichts«, beruhigt mich lächelnd seine Besitzerin.
Ich will sie gerade aufklären, daß selbst Hunde, die nichts tun, mir eine Menge antun können, da fällt mir ein, daß sie den Mann mit dem Hammer gesehen haben könnte. Sie hat, mehr noch, sie weiß, wo er ist! Mit einer Armbewegung kreist sie das Kleingartengelände ein. »Da irgendwo hat der einen Garten. Ist ein unfreundlicher Kerl, nicht wahr, Susi?« Sie streichelt ihren Hund. »Den mögen wir nicht.« Sie wendet sich wieder mir zu. »Hunde haben ja ein Gespür für gute und böse Menschen. Meine Susi bellt ihn immer an. Recht hat sie.«
Ich schiebe das Rad die Wege durch die Kleingärten entlang. Plötzlich pfeift jemand. Das Lied kenne ich, das höre ich heute schon zum zweiten Mal. Jetzt erinnere ich mich auch an den Text: »Es liegt was in der Luft, ein ganz besonderer Duft ...« Ein alter Schlager. Die Melodie kommt hinter einer Gartenlaube hervor.
An der Seite lehnt das schwarze Fahrrad.
Am Garteneingang steht auf einem handgemalten Schild: Jens Teetjen. Woher kenne ich bloß den Namen? Irgendein Unheil verbindet sich damit.
Die Pforte ist nicht abgeschlossen.
Nur Mut, böse Menschen haben keine Lieder.

»Hallo?« Es ist etwas zu zaghaft.
Er sticht den Spaten wuchtig in das Beet, hebt ihn samt einer schweren schwarzen Scholle in die Höhe, wendet ihn und läßt die Erde herabfallen. Er ist ein kräftiger Kerl mit breitem Brustkorb und rundem Gesicht, etwa vierzig Jahre alt. Zug um Zug arbeitet er sich von links nach rechts vor, nimmt dann die nächste Reihe, ohne mich zu bemerken. Er pfeift und arbeitet ununterbrochen.
Ich räuspere mich. »Hallo!« Es kommt etwas kräftiger.
Er dreht sich zu mir um, erschrickt und läßt den Spaten wie in Zeitlupe fallen, dann faßt er sich ans Ohr. Ein Hörgerät. Er fummelt, es pfeift. Er verzieht das Gesicht, legt den Kopf schräg.
»Ja?« sagt er, ohne mich anzusehen. Er horcht eher in sich hinein. »Was wollen Sie?« Er hebt den Spaten auf, steckt ihn in das Beet und kommt einen Schritt auf mich zu.
»Es ist wegen des Hammers.« Ich weiche zurück.
Sein Mund öffnet sich langsam.
Ich ergänze schnell: »Wegen des Hammers, den Sie immer bei sich haben.«
»Ja, was?«
»Ich meine, warum?«
»Was?«
»Warum haben Sie ihn immer bei sich?«
»Wer will das wissen?«

»Alle.«
Er murmelt vor sich hin, geht zurück zu seinem Beet, packt den Spaten, zieht ihn aus der Erde und steckt ihn mit Schwung wieder hinein.
»Und? Was ist?« frage ich laut.
»Geht niemanden was an.«
»Aber die Leute haben Angst vor Ihnen.«
»Ist auch gut so.«
Er gräbt weiter, und ich gehe um das Beet herum, bis ich ihm gegenüberstehe. »Eine Frau in meinem Haus wagt sich schon gar nicht mehr in den Park. Sie glaubt, Sie seien ein Verbrecher. Jetzt will sie nur noch mit einem geladenen Revolver spazierengehen.«
Er lacht. Nach einer Weile schüttelt er den Kopf und hört auf, das Beet zu bearbeiten. »Sagen Sie ihr, sie muß keine Angst haben. Ich tue ihr nichts.« Er hebt ein Hosenbein hoch, und darunter wird ein bleiches Bein mit einer langen Narbe sichtbar. »Sehen Sie, das ist der Grund.«
»Was ist das?«
»Ein Hundebiß. Zweimal bin ich schon gebissen worden. Die Biester fallen mich immer an. Ich weiß nicht, warum.«
Er läßt das Hosenbein los, reibt sich die Hände. »Wissen Sie, ich war mal ziemlich krank, seitdem reagiere ich langsamer. Die Nerven. Und ich höre nicht gut. Ein Ohr ist ganz taub. Ich weiß nie genau, woher ein Geräusch kommt. Und wenn ich es weiß, hängt der Köter schon an meinem Bein

oder reißt mich vom Fahrrad. Der Hammer ist nur zu meiner Sicherheit. Er ist wie ein Pendel und gleicht aus, was mir an Reaktionsfähigkeit fehlt.«
»Sie wehren sich damit gegen die Hunde?«
»Ja, sagte ich doch. Damit ich ihnen gegenüber nicht im Nachteil bin.«
»Sie schlagen damit zu?«
»Bis jetzt noch nicht, aber wenn es mal sein muß.«
Er kommt ein Stück auf mich zu und senkt die Stimme. »Wissen Sie, es ist mir ganz recht, daß alle Angst haben. Ich kann mich nur schlecht wehren. Jeder könnte mich verprügeln und hätte genug Zeit zu verschwinden. Es dauert einfach zu lange, bis ich reagiere. Es ist die Nervenleitgeschwindigkeit. Sie ist bei mir geringer als bei einem normalen Menschen. So hat es mir ein Arzt erklärt. Es ist, als wenn Sie von Amerika aus telefonieren. Es dauert eine Weile, bis es hier ankommt.«
Er geht zurück zu seinem Beet und greift nach dem Spaten. »Ich wohne in St. Georg und fahre jeden Tag mit dem Fahrrad zu meinem Garten. Und seit ich den Hammer dabeihabe, kuschen die Hunde.«
Er beginnt wieder, rhythmisch zu graben. »Also, sagen Sie der Frau aus Ihrem Haus, sie kann ganz beruhigt sein.« Er lacht. »Ich kann ihr gar nichts tun. Ich bin immer in Amerika. Und bis ich Anschluß habe, kann sie mich zweimal erschießen.«
Der Rückweg raubt mir alle Kräfte. Der Wind hat zugenommen und bläst mir entgegen. Er wächst

sich zu einem Sturm aus. Ich überlege, das Fahrrad stehenzulassen und mit dem Bus zu fahren. Aber Sylvia würde sauer sein, wenn ich es nicht zurückbringe. Ich werde mich erkälten, und das ist für einen Asthmatiker immer eine kleine Katastrophe. Und alles nur wegen eines Mannes, der vor lauter Angst selbst Angst verbreitet. Jens Teetjen. Plötzlich weiß ich, woher ich den Namen kenne. Teetjen, so hieß der Henker aus Arnold Zweigs Buch »Das Beil von Wandsbek«.

Eine Welt voller Verbrechen

Auf Zehenspitzen schleiche ich an Frau Heuers Wohnungstür vorbei. Ich bin zu schwach und vom Wind zu ausgekühlt, um ihr jetzt zu berichten. Vorsorglich bereite ich mir einen Erkältungstee, Sylvias Spezialmischung. Dann lasse ich Wasser in die Badewanne und gieße Sylvias Melissenöl hinein. Nach zehn Minuten im heißen Bad werde ich so müde, daß ich mich ins Bett schleppe. Aber seltsam, ich schlafe nicht ein, sondern es gehen mir alle berühmten Wandsbeker durch den Kopf. Angefangen vom Schlachtermeister Albert Teetjen, der als Aushilfshenker – auf Wunsch von Reichsmarschall Göring – mit dem Beil die Köpfe von vier Kommunisten abschlug. Dann fällt mir Freiherr von Schimmelmann ein, dem die Hamburger ihre Unabhängigkeit von

Dänemark verdanken und der mit seinen Schiffen Sklaven nach Amerika transportierte. Sein Mausoleum steht am Wandsbeker Markt, aber die wenigsten kennen es. Seine Frau hat Matthias Claudius unterstützt, den dritten berühmten Wandsbeker. Vielleicht hatten die beiden ein Verhältnis? Aber das ist bei dem gottgefälligen Leben des Dichters eigentlich unvorstellbar.

»Verschon uns, Gott! mit Strafen,
Und laß uns ruhig schlafen!
Und unsern kranken Nachbarn auch!«

Die zahlreichen Martinshörner von Polizei, Feuerwehr und Krankenwagen wecken mich. Überall in unserem Viertel scheinen sie unterwegs zu sein. Vielleicht geht gerade die Welt unter, auf jeden Fall scheint sie an diesem Abend voller Verbrechen, Unfälle und Feuersbrünste zu sein.

Sylvia kommt aus der Praxis, aber sie hat nichts bemerkt, sogar der Sturm hat sich gelegt. Ich berichte ihr von dem Mann mit dem Hammer. Ich versuche, ihn als harmlosen Kleingärtner hinzustellen. Merkwürdigerweise wird meine Schilderung immer düsterer und mysteriöser, so daß Sylvia mich schließlich fragt, was der Mann denn in seinem Beet vergraben habe.

»Er ist harmlos, wirklich.«

»Und du glaubst ihm, daß er vor lauter Angst einen Hammer im Arm schwingt. Ich will dir was sagen, wenn ich Angst vor den Hunden hätte, würde ich gar nicht durch den Park fahren.«

Sylvia schaltet den Fernseher ein. Eine Zeitlang schauen wir einem langweiligen Kommissar zu, der einen irren Mörder sucht, dann wechseln wir das Programm und beobachten einen Mann, der mit einer Häckselmaschine eine Leiche zerstückelt. Wir schalten um und sehen zu, wie ein Mörder sein Opfer lebendig begräbt. Wir schalten weiter und schauen dem Treiben eines Mannes zu, der verängstigte Frauen durch das nächtliche London jagt, um sie schließlich umzubringen und in seinem Garten zu vergraben. Verzweifelt drücke ich auf die Fernbedienung und lande in der Pathologie, wo gerade ein Mordopfer seziert wird. Ich sehe Sylvia an, sie sieht mich an, wortlos schalten wir ab und gehen ins Bett.
Nachts schrecke ich durch ein Geräusch aus dem Schlaf hoch. Gerade noch sah ich eine blasse Hand aus dem Beet des Kleingärtners ragen. Ich mache Licht. Sylvia reibt sich die Augen. »Was ist los?«
»Ich glaube, ich habe einen Knall gehört. Einen Schuß.«
»Wahrscheinlich ein Auspuff auf der Straße. Eine Fehlzündung.«
»Es kam mir vor, als wäre es hier im Haus.«
Wir liegen wach und lauschen. Nichts rührt sich.
»Sylvia, sag mir nur eines, du als Krankenschwester mußt es doch wissen, gibt es eine Krankheit, bei der sich die Nervenleitfähigkeit verringert?«
Sie nickt. Dann richtet sie sich auf. »Bartzsch, weißt du, was ich geträumt habe? Du mußt da

wieder hin in den Kleingarten, der hat da eine Frau vergraben.«
In diesem Augenblick gibt es einen zweiten dumpfen Knall. Wir sehen uns an und springen aus dem Bett. Sylvia schleicht zur Wohnungstür, öffnet sie und lauscht ins Treppenhaus.
»Das war ein Schuß«, flüstere ich.
Sylvia schüttelt den Kopf. »Da«, sagt sie. »Horch!«
Irgendwo im Haus wird laut gelacht.

Vorkriegsqualität

Frau Heuer steht schon in ihrer geöffneten Wohnungstür. Sie hat die Arme in die Hüften gestemmt und blickt mich strafend an.
»Sie sind mir ein schöner Detektiv! Hinter Ihrem Rücken werden die Leute umgebracht.«
»Was ist los?«
»Haben Sie keine Zeitung?«
Nein, haben wir nicht. Ich lasse es mir nicht nehmen, die Zeitung am Kiosk zu holen. Für einen frühpensionierten Allergiker ist der Zeitschriftenhändler ein wichtiger Sozialkontakt.
Frau Heuer winkt mich mit knöchernem Zeigefinger in die Küche. Aus dem Herd dampft es. Ich blicke durch die gläserne Sichtscheibe auf zwei Bleche voller Kuchen. Der obere ist gelblich, ich glaube, mit Früchten. Der untere muß mit Schokolade sein. Es duftet wunderbar. Auf der Arbeitsplatte stehen eine Reihe kleiner Flaschen

und altertümlicher Packungen. »Was ist das? Zutaten für den Kuchen?«
»Mein Geheimnis. Aber Sie dürfen ja leider nichts mehr davon essen.«
»Vielleicht doch.«
Sie legt den Finger an die Lippen. »Was Sie da sehen, ist mein Erfolgsrezept. Backhilfen und Aromen. Echte Vorkriegsqualität. So etwas gibt es doch heute gar nicht mehr.«
»Und wo haben Sie das her?«
»Das habe ich im Krieg im Garten vergraben. Wir haben ja alles vergraben, wegen der Bomben. Und dann auch wegen der Russen. Wir dachten ja, die Russen kommen.«
»Sie wollen sagen, Ihre Zutaten sind fünfzig Jahre alt!«
»Älter.« Sie hebt eine kleine Flasche gegen das Licht. »Dieses Orangenaroma habe ich schon von meiner Mutter übernommen.«
»Toll«, lobe ich. Damit ist das Kuchenessen bei ihr wirklich für alle Zeiten erledigt.
Sie geht zum Küchentisch. Die Zeitung liegt ausgebreitet darauf. »Aber nun lesen Sie endlich!« Sie klopft auf einen Artikel. »Frau im Park erschlagen« lautet die Überschrift. Ich sehe Frau Heuer an und grinse: »Waren Sie das wieder? Jetzt gehen Sie aber zu weit.«
»Herr Bartzsch, ich bitte Sie, dies ist nun wirklich der letzte Beweis! Dieser Kerl mit dem Hammer hat wieder zugeschlagen!«

Ich lese weiter: »Grausige Entdeckung im Eichtalpark. Spaziergänger fanden gestern am späten Nachmittag die Leiche der 39jährigen Maria P. Allem Anschein nach wurde die Frau mit einem stumpfen Gegenstand erschlagen, obwohl sie einen Hund bei sich hatte. Der Ehemann dachte sich nichts dabei, als der Hund allein zurückkam. Das Tier hatte sich schon öfter losgerissen. Die Polizei sucht Zeugen für die Zeit zwischen 17 und 18 Uhr. Vor allem Radfahrer sind in dem Park an der Wandse beobachtet worden.«

»Wo waren Sie eigentlich?« fragt Frau Heuer vorwurfsvoll. »Ich habe Sie doch mit dem Rad wegfahren sehen.«

»Ich war pflichtgemäß auf der Suche nach dem Hammermann.«

»Sie hätten diesen Mord verhindern müssen! Eines sage ich Ihnen, das war das letzte Mal. Jetzt wird zurückgeschlagen. Der Kerl wird erschossen, bevor er noch mehr Unheil anrichtet.«

Sie greift in ihre Handtasche, holt den Revolver heraus und legt ihn auf die Zeitung.

Ich versuche, sie zu beruhigen, und erzähle ihr mein Abenteuer vom vergangenen Tag. Doch sie läßt sich nicht überzeugen, daß der Mann mit dem Hammer vollkommen harmlos ist. Sie tippt nur immer wieder auf den Zeitungsartikel. »Und was ist das?«

Sie nimmt den Revolver in die Hand. »Das ist die richtige Antwort. Kommen Sie mal mit.« Sie führt

mich ins Wohnzimmer und zeigt auf die Standuhr. Das Holz und das Glas sind teilweise zerbrochen.
»Da sehen Sie.«
»Was ist passiert?«
»Sie funktioniert einwandfrei. Doris und ich haben letzte Nacht schon mal geübt.«
»Sie haben auf die Standuhr geschossen?«
»Verluste müssen in Kauf genommen werden.«
»Meine Güte, ein so alter Revolver hätte in Ihrer Hand explodieren können. Sie sind verrückt.«
»Keinen Schritt gehen wir mehr ohne ihn aus dem Haus. Soll keiner glauben, nur weil wir zwei alte Frauen sind, könnten wir uns nicht wehren. Dieser Mörder ist schon so gut wie tot!«
Ich blicke in den Lauf der Waffe. Vier Kugeln müssen noch drinnen sein. Vorkriegsqualität.

Der einzige Zeuge

Ich radle zum Tatort. Diesmal umgibt mich ein wunderbarer Kakaogeruch. Er hat seinen Ursprung in der Fabrik an der Neumann-Reichardt-Straße. Hinzu kommt der strahlend blaue Himmel von der Schokoladenpackung. Mit dem Sturm sind alle Wolken verschwunden. Vor der Kreuzkirche tobt eine Gruppe kleiner Kinder auf dem Rasen. Hinter der Kirche Grabesstille.
Am Beginn der Hundewiese steht ein Notrufmelder. Die wußten schon, warum sie den hier auf-

gestellt haben. Aber er hat nichts genützt. Oben auf dem kleinen Hügel steht ein hölzerner Pilz zum Unterstellen. Ich war noch nie dort, weil das der Treffpunkt der Hundebesitzer ist. Doch diesmal scheinen keine dazusein. Ich wage mich hinauf.
Um den Pilz herum stehen im Kreis drei Bänke. Auf einer sitzt ein Mann mit Hund. Zum Glück ist das Vieh an der Leine. Der Mann blickt auf die Wiese. Unter einem Baum liegt ein Blumenstrauß.
Ich stelle das Rad ab und nähere mich langsam. Der Hund erhebt sich, aber der Mann ruft ihn zurück. Der Hund gehorcht nicht.
»War es da?« Ich zeige auf die Blumen.
Der Mann nickt. »Ich bin der Mörder.«
Die Schäferhundmischung schnuppert an meinem Hosenbein.
»Ist ja klar«, sage ich, »den Mörder zieht es bekanntlich immer an den Tatort zurück.«
»Die Polizei hat mich die halbe Nacht verhört.«
»Aber offensichtlich nicht verhaftet.«
»Ich bin der Ehemann.« Er lacht bitter. »Von Ehe war schon lange keine Rede mehr, das habe ich heute morgen auch schon den Reportern gesagt. Die Alte hat mich ständig beklaut. Und wenn man sie suchte, brauchte man nur in den nächsten Spielsalon zu gehen. Da hat sie ihre Abende verbracht. Oft ist sie die ganze Nacht nicht nach Hause gekommen. Das war bestimmt einer ihrer

Zockerfreunde. Aber die Polizei denkt, ich war es. Weil wir uns immer angebrüllt haben.«
Ich versuche, der Hundenase auszuweichen. »Der tut nichts.«
»Das sagen alle.«
»Der hat ja nicht mal den Mörder ...«
»Haben Sie die Blumen ...«
»Nee, das waren die von der Zeitung. Die haben die Blumen gekauft und mir gegeben. Weil sich das auf dem Foto besser macht. Die haben mich hier an dieser Stelle fotografiert.«
Der Hund reibt sein Hinterteil an meinen Knien.
»Sitz! Platz!« befiehlt sein Herr. Der Hund gehorcht nicht.
»Wissen Sie, was ich glaube, was die glauben?«
»Wer?« Ich gehe einen Schritt zurück, um aus dem Streubereich der Hundehaare zu gelangen.
»Die Polizei. Die denken, ich hab es getan, weil der Hund nichts getan hat. Aber der Köter tut niemandem was.«
Er steht auf. »Wissen Sie, ich will jetzt nichts Schlechtes mehr über Gabi sagen ...«
»Den Hund?«
»Nee, meine Frau. Aber ehrlich, ich bin froh, daß die nicht mehr ist. So viel Geld, wie die verzockt hat, und überall Schulden. So viel kann einer allein gar nicht arbeiten, um das heranzuschaffen.«
Er zieht den Hund hinter sich her. »Komm, Köter, wir gehen einschläfern.«
»Was wollen Sie?«

»Na, ich muß morgen wieder zur Arbeit, da kann ich den Hund nicht mitnehmen. Und genaugenommen war es auch gar nicht meiner. War ihrer. Was soll ich also machen?«
»Warten Sie mal.«
»Wollen Sie ihn haben? Ich schenke Ihnen den.«
»Danke, aber ich reagiere allergisch auf Hundehaare.«
»Na, sehen Sie, was bleibt mir also.« Er geht den Hügel hinab. Ich hole das Rad und fahre hinter ihm her.
»Hören Sie mal, das können Sie nicht machen!«
»Was bleibt mir anderes? Ich gehe jetzt rüber zum Tierarzt.«
»Nein. Sie müssen ihn behalten. Er ist doch der einzige Zeuge.«
Er bleibt stehen, kratzt sich am Kopf. »Verdammt, Sie haben recht.«

Der Wurfhammer der Wikinger

Sein Fahrrad lehnt an einer Hecke im Garten. Aber der Hammer ist nicht auf dem Gepäckträger. Wahrscheinlich macht er ihn gerade sauber. Wegen der Blutspuren. Ich höre ihn in sei ner Hütte rumoren und pfeifen.
Ich schleiche mich nach hinten zu dem Beet. Es ist fertig bearbeitet, und er hat schon etwas ausgesät. Ich bücke mich, um das Samentütchen zu lesen, das in der Mitte auf einem Zweig steckt. Rote Beete.

»Rote Beete, blutbildend«, sagt eine Stimme hinter mir.
Da steht er und hat einen schweren Hammer in der Hand.
»Hoffentlich kriegen wir nicht noch mal Frost.«
Er zuckt mit den Schultern. »Ich dachte schon, wer schleicht da in meinem Garten herum.«
»Tut mir leid, aber letzte Nacht habe ich geträumt, das Beet wäre ein Grab.«
»Ist es auch.« Er dreht sich um, geht zurück in seine Hütte. »Kaffee?«
»Nein, danke, ich reagiere allergisch darauf.«
Er lacht. »Das kenne ich. Überall rote Flecken.«
»Von was?«
»Wasser. Bei mir ist es das Wasser. Eigentlich kommt es von dem Chlor. Wenn ich mich dusche, geht's los. Badeanstalt ist schon mal gar nicht.«
Ich stehe staunend in seiner Hütte, die Wände hängen voller Hämmer. Er sieht meinen Blick und erklärt. »Na ja, und da habe ich angefangen, die Dinger zu sammeln. Das da ist ein Zimmermannshammer, und diese Reihe, die sind alle aus einer Schmiede. Das ist ein Fäustel von einem Klempner. Den Gummihammer habe ich von einem Mechaniker, ich weiß nicht, was man damit macht. Und der hier, kennen Sie den? Der ist aus Holz für Drechslerarbeiten und so.«
Er gießt Kaffee aus einer Thermoskanne in einen Blechbecher.
»Und wieso ist das Beet ein Grab?«

»Ich habe es drei Jahre nicht angerührt, das ist die Verwesungszeit. Und jetzt das erste Mal wieder Rote Beete.«
»Wer liegt darunter?«
»Kati. Rote Beeten werden ihr recht sein.«
»Kati?«
»Meine Katze. War ein schönes Tier. Dreifarbig mit blauen Augen. Ist ganz selten. Eines Tages komme ich in den Garten, da liegt sie im Gras mit einer Drahtschlinge um den Hals. Das waren die von nebenan mit ihrem Vogeltick. Die spinnen ja. Nur weil Kati mal einen Spatz ...« Er lacht und grunzt. »Haben Sie gesehen, daß es in meinem Garten keinen einzigen Vogel gibt?« Er steht auf, nimmt einen Hammer mit einem kurzen dicken Griff von der Wand und reicht ihn mir. »Ein Wurfhammer der Wikinger. Damit trifft man ganz genau. Selbst Vögel.« Er nimmt mir den Hammer wieder ab. »Kommen Sie mal mit.«
Ich folge ihm nach draußen. »Gestern nachmittag ist eine Frau im Eichtalpark erschlagen worden.«
»Ich weiß.« Er nimmt einen Pflanzstab und steckt ihn locker in die Erde.
»Woher?«
»Sie denken, ich war es?«
»Eine Menge Leute denken das.«
»Ich könnte es gewesen sein. Jetzt passen Sie mal auf.«
Er wiegt den Hammer in der Hand, dann wirft er ihn hoch in die Luft. Der Hammer dreht sich und

schlägt genau auf dem Pflanzstab auf, der sich dadurch etwa zehn Zentimeter tief in die Erde bohrt.

»So könnte es gewesen sein.«

Er schüttelt den Kopf. »War es aber nicht.«

»Wie war es denn?«

»Ich habe es gesehen. Auf dem Rückweg. Ich beobachte die Frau, weil sie einen Hund bei sich hat. Es war ja ziemlich stürmisch, wenig Leute unterwegs. Ich achte nur auf den Köter, aber er war an der Leine. Meinen Hammer hatte ich schon in der Hand. Soll er nur kommen, der Köter.«

Er hebt seinen Hammer auf, schwingt ihn probehalber. »Plötzlich sehe ich, wie ein Ast aus dem Baum fällt. Vom Sturm, so ein abgestorbener. Er trifft die Frau. Sie fällt, und der blöde Hund nimmt den Ast und rennt damit weg. Ich halte an und sehe, daß die Frau sich wieder aufrichtet. Na, denke ich, dann ist ja alles noch mal gutgegangen.«

Er zieht den Stab aus der Erde und geht zurück zu seiner Hütte. »Heute morgen lese ich dann, daß sie tot ist. Wenn sie es ist. Könnte ja auch eine andere sein.«

»Sie sollten zur Polizei gehen und erzählen, was Sie beobachtet haben.«

»Das finden die auch alles ohne mich heraus.«

Er zielt erneut mit seinem Hammer. »Sehen Sie da.« Er zeigt auf einen kleinen leeren Blumentopf am anderen Ende des Gartens. Er wirft diesmal seitlich. Der Topf zersplittert.

»Sie müssen zur Polizei.«
»Wie nennen mich die Leute? Der Hammer von Wandsbek?« Er schüttelt den Kopf.
»Sonst kommt die Polizei zu Ihnen. Nicht so gut.«
»Ist alles schlecht.«

Keine Zicken

Zwei Tage später bestätigt ein ausführlicher Zeitungsartikel die Version des Hammermannes. Angeblich hatte der Hund den Ast wiedergefunden, durch den die Frau starb. Neben einem Bild der Frau ist das Foto des trauernden Ehemannes abgedruckt. Er steht vor dem am Boden liegenden Blumenstrauß. Auch ein Foto des Hundes ist dabei. Er hält den Kopf schräg und sieht den Betrachter an. Unter seinem Bild steht, daß er ein neues Herrchen sucht. Das müßte doch klappen.
Triumphierend mache ich mich auf den Weg zu Frau Heuer. Sie hat mir bis jetzt kein Wort geglaubt. Nächste Woche wird sie neunzig, und ich finde, es ist der richtige Zeitpunkt, den Revolver abzugeben.
»Ach, Sie sind es«, empfängt sie mich enttäuscht.
»Wen haben Sie erwartet?«
»Doris, Frau Ehrmann, sie ist überfällig. Sie wollte doch zum Kaffee kommen.«
Ich wedle mit der Zeitung. »Haben Sie es schon gelesen?«

Ich breite den Artikel auf ihrem Küchentisch aus. Aber sie winkt ab. »Kenne ich doch.«
»Und?«
»Ach, Herr Bartzsch, wir wissen doch, wie das läuft. Die erzählen uns irgendeine Geschichte, um uns zu beruhigen. Wer soll das denn glauben. Ich bitte Sie: ein Hund, der den Ast wegträgt! Nein, nein, die wesentliche Information wird zurückgehalten, damit sich der Mörder in Sicherheit wiegen kann. Kein Wort von dem Mann mit dem Hammer. Sehen Sie, das genau ist der Beweis: Er war es!«
Sie sieht zur Uhr. »Ich verstehe das nicht, Doris hat sich noch nie verspätet. Was für ein Glück, daß ich ihr den Revolver mitgegeben habe.«
»Was? Wo ist sie hingegangen?«
»Sie wollte noch einen kleinen Verdauungsspaziergang machen und anschließend zum Kaffee kommen.«
»Wo ist sie?«
»Und ich habe ihr gesagt, wenn du den Kerl siehst, knalle ihn einfach ab. Sie weiß ja, wie man mit dem Revolver umgeht.«
»Wo ist sie hingegangen?«
»Ach, das wäre nett, Herr Bartzsch, wenn Sie mal nach ihr schauen würden. Sie geht immer Richtung Mühlenteich.«
Ich nehme das Fahrrad.
Kurz vor der Wandsbeker Königstraße kommt mir ein junger Mann mit erhobenen Händen entgegen.

Fünf Schritte hinter ihm geht Doris Ehrmann. Den Revolver hält sie mit ausgestrecktem Arm. »Keine Zicken«, schreit sie, dann sieht sie mich. »Ach, Herr Bartzsch, gut, daß Sie kommen. Ich kann dieses Ding schon nicht mehr halten. Verhaften Sie doch mal den jungen Mann. Er ist es.«
Ich nehme ihr die Waffe ab. »Wer ist das?«
»Der Hammermörder, Sie wissen doch.«
Ich stecke die Waffe in die Tasche. Frau Ehrmann sieht mich entsetzt an.
»Aber er hat ein ganz schwarzes Fahrrad. Es steht vorn an der Straße.«
»Nein, der ist das nicht. Der Mann mit dem Hammer ist viel älter und außerdem unschuldig.«
Der junge Mann läßt die Hände herunter und geht langsam zurück.
Als er bei Frau Ehrmann vorbeikommt, tippt er hinter ihrem Rücken mit dem Finger an die Stirn. »Die spinnt ja.«
»Gehen Sie schon.«
Nach ein paar Schritten kommt er noch mal zurück. »War der Revolver echt?«
»Nur eine Wasserpistole. Haben Sie das nicht gesehen?«
Ich nehme Frau Ehrmann am Arm. »Kommen Sie. Der Kuchen wartet.«
Es ist besser, wir verschwinden schnell. Der junge Mann könnte die Polizei rufen.
Die Pistole wiegt schwer in meiner Jackentasche. Was mache ich bloß damit?

Ob ich sie in die Wandse werfe?
Und wenn ich sie einfach für mich behalte?
Für den nächsten Fall?
In einer Großstadt sollen so viele Mörder herumlaufen.
Oder doch lieber zur Polizei?